바보여보

바보여보

ⓒ 조대식, 2026

초판 1쇄 발행 2026년 3월 27일

지은이   조대식
펴낸이   이기봉
편집   좋은땅 편집팀
펴낸곳   도서출판 좋은땅
주소   서울특별시 마포구 양화로12길 26 지월드빌딩 (서교동 395-7)
전화   02)374-8616~7
팩스   02)374-8614
이메일   gworldbook@naver.com
홈페이지   www.g-world.co.kr

ISBN   979-11-388-5783-3 (03810)

바보여보

조대식 시집

좋은땅

작가의 말

시집을 드리며

냄비 받침으로나 쓰세요
하루 종일 부지런히 걷고
때론 숨차게 뛰기도 하며
여러 사람을 만나고
회식까지 하고서 돌아왔는데
동굴 같은 허기가
온몸을 휘휘 감던 날
매운 라면 두 봉을 삶아
뜨거운 국물까지
꾸역꾸역 마시고 나서
냄비를 받쳤던
담쟁이넝쿨을 부여잡고
연탄재를 꾹꾹 씹으며
컴컴한 동굴을
벗어난 적이 있어요
똑같지는 않아도

비슷한 날 있잖아요

괜찮아요

진달래나 향수에는

어림도 없지만

일 없이 쉬는 날

목침을 고이는 데라도 쓰세요

사느라고 후줄근히 젖은

등을 널어 말릴 때

시인 조대식

1965년 충청도 괴산에서 태어나 쭈욱 괴산에 살고 있는 괴산 개구리.
시집 『소설가 j씨』

목차

봄바람(1)

함박눈과 같이 와
감나무 가지에서 자더니

황새냉이 참냉이
재잘거리는 소리에 놀랐나

금세 춘삼이네 삼밭을 지나
달도랑 버들가지를 깨우고

벌써 겨울 해 가던 길 서산
낙엽송을 흔들며

봄이 왔어요 봄이 와
봄이라구요 봄이요

비를 기다리며

칠석이면 온다는 비는 안 오고
까막까치 설익은 사과를 쪼네
마른 밭엔 목마른 콩잎 시들고
멈춘 도랑 송사리 숨이 가쁜데
은하수 물 말라 좋으시려나
애달픈 사연에 같이 울면서
가시버시 이어 주던 까막까치는
물 없는 강 오작교 소용없어서
칠석인데 설익은 사과만 쪼네

도토리

죽는 줄 알았어요
엄마 품에서 떨어질 때

정말 죽는구나 했어요
다람쥐에게 물렸을 때

차라리 죽을까 싶었어요
너무 추워서

얼었던 몸 틈에서
싹이 나네요

이제 조금 알겠어요
엄마 말 뜻을

날개는 없단다
맡겨 두거라

상념

만약에 하늘이

땅에 사는 족속 중에

못된 족속 하나를 뽑는다면

누가 뽑힐까

좀 잘하라고

꿀밤을 먹인다면

누가 먹을까

걷는 족속

뛰는 족속

나는 족속

헤엄치는 족속

허물 벗는 족속 중에

내 맘엔 아무래도

내가 속한 족속이

일등으로 뽑히겠다

하늘도 버려 놓고

땅도 버려 놓고

장마

흙탕물의 바람같이
부끄러운 것들이
떠내려가면
세상이 맑겠다

때이르게 피었다가
실컷 비 맞은
코스모스가 붙들었던

한 방울 빗송이가 흘러
개울 지나고
강에 이를 때쯤엔
바다를 꿈꾸겠다

천둥소리 듣고서야
젖은 풀의 몸짓을
어렴풋이 알겠다

투신의 이유

고라니 웃음소릴 들었나

난 그 웃음 못 보았네

내가 들은 건 비명소리

이 산 저 강을 울리는 곡소리

내가 본 것은 주검이었어

뼈와 살을 비빈 까마귀밥

어떻게 소리 지르지 않겠나

별이 사라지는데

어떻게 통곡하지 않겠나

개발자국은 늘어만 가는데

물어뜯을 이빨도 없어

들이받을 뿔도 없어

어떻게 몸을 던져 막지 않겠나

죽이는지도 모르고 죽이는 영장

죽어 가는지도 모르고 죽어 가는 영장아

보광사

산사 옆 외무덤에
억새는 서걱이고
갈잎 떠는데
풍경은 울지 않아

풍경 치던 물고기
비구니 맘에 품던
비구승 바랑에 담겨
바다로 떠난 후론

억새 서걱서걱 울고
갈잎 뒤척이는데
바람만 훠이훠이 보내고
풍경은 울지 않아

비구니 잠든 사이
풍경 치던 물고기와

바다로 간 비구승
어디만큼 갔을까

빈 절에
고드름이
몸채 지는데

가을비

이제 열음 했으니 괜찮아
여름엔 누구나 조금은 건방져
볕이 좋을 땐 누구나 그렇지
한풀 죽은 호박잎 토닥토닥

이제 너의 때야
서리 속에서 피는 꽃은 용기가 되지
열매는 없어도 괜찮아
꽃은 꽃이면 되는 거니까
허허히 여름 보낸 국화잎 토닥토닥

찬바람이 불고
감잎 토닥토닥
눈이 내리면
돌깻잎 토닥토닥

바랭이 달개비도 끄덕이는데
그리움같이 피고 지는 동그라미

산에서

산에도 비 내리면
산나리꽃이 젖습니다
싸리도 철쭉도 젖고
억새와
오래된 소나무도 젖습니다

산에도 바람 불면
산나리꽃이 흔들립니다
싸리도 철쭉도 흔들리고
억새와
오래된 소나무도 흔들립니다

산에도
비 내리면 모두 젖고
바람 불면 흔들리며
피고 집니다

민들레

먼지보다 작아야
날 수 있대서
꽃잎 작게 작게
안으로 모아
밤마다 기도하는
꽃이랍니다

바람보다 가벼워야
멀리 난대서
대궁마저 속없이
텅 비우고
날마다 기도하는
꽃이랍니다

천 번 만 번을
죽어서라도
꼭 한 번은

가고 싶은 곳

작으며 가벼워야

갈 수 있대서

자폐

막걸리를 매일
두 통씩 마셔야 잠이 드는
나는
술 중독입니까

막걸리를 평형수 삼아
피안으로 가려던
나의 손은 떨리고
그림자는 점점
짙어집니다

돈에 찌들어
고함쳐야 할 때 침묵하는
나는
돈 중독입니까

통째로 침몰하는 배를

망연히 바라만 보던

나의 눈은

꽃에도 눈맞춤 못하고

흔들립니다

개불알꽃 말구요

꽃다지 쇠별꽃의

친구랍니다

봄을 물고 왔어요

봄까치꽃 어떤가요

이렇게 좋은 봄날

부르는 이 기분 좋고

듣는 이도 신나게

예쁘고 좋은 이름

작은 꽃에 어울리는

고운 이름으로

봄소식 전하는 꽃

봄까치꽃 어떤가요

휴식

사는 건

여름을 버티어 내는 일이다

모두 풍요한 볕을 환호할 때

남모르게

타는 목마름을 견디는 일이다

그러므로

오늘같이 비 오는 날에는

나를 위하여

젖은 의자를 닦고

한없이

비를 마셔 보는 것도

괜찮은 일이다

하늘 보기

홀로 서지 못해도

포기하지 않으리

마디마디 칼 같은 잎

마음 벼르더니

풀을 잡고 일어나

벙싯벙싯 웃음 짓는

들메꽃이 향하는 곳

가을 아침

상처 난 잎은

잔바람도 시려워

아침 안개에

젖어 떠는가

때 이르게 붉은 잎이

가련해 아픈 길가

풀강아지 달개비도

후줄근히 젖었네

벚잎도 여름 동안

물리며 살았구나

풀강아지 달개비도

젖으며 사는구나

행복하기

지금 깨어 있나요

깨어 있다면

맘껏 맑은 공기를 마셔요

맘껏 푸른 하늘을 보고요

맘껏 별을 세어 보세요

맘껏 비를 맞아도 좋아요

조금만 기다려요

눈이 내리면

맘껏 하얀 길을 걸어요

시원한 바람

하늘거리는 풀꽃

익숙한 목소리

눈에 익은 얼굴들

곁에 있는 모든 것들이

지금 주시는 선물이래요

맘껏 누리며 기뻐하세요

마음 내키시면 속으로 조용히

감사합니다 하세요

행복도 덤으로 주신댔어요

코스모스

꽃 중에
처음 지으신
꽃이라고 했다

아가들이
처음으로 꽃을 그릴 때
이 꽃을 그리는
까닭이랬다

이맘때였나 보다
하늘이 유난히
파랗던 날

나보다
두 살이 많다고 했다
옥순이랬다

단풍

서산에
불 붙이는
개옻나무여

이미 붉은
홑잎은
그냥 두어라

시린 밤
별 헤며
지샌 날들이

곱게 타며
지는 해를
닮게 하였나

살자

비참한 자의 왕은

영혼에게 버림받은 육신이요

비겁한 자의 왕은

육신을 버린 영혼이라

육신을 배신하려는 영혼아

중언부언 치장해도 너의 유서는

찢어 불태워 버릴 변명 쪼가리

나무를 키우는 뿌리

차갑고 어두운 땅 깊게 헤치듯

손발톱 다 닳아도 버티고 버텨라

지나가리라

혹독한 지금이 되려 추억이리니

나무는 모두

그렇게 나무가 되고

풀은 그렇게 풀이 되어서

저마다 나름 나름 꽃도 피우고

그윽한 향기도 나눠주는 걸

들국화

아침엔 바쁜 마음에

못 보던 꽃이

저물녘 퇴근길

노을 자리에

가을인 건 아냐는 듯

피었습니다

어렴풋이 흔들리는

꽃송이들이

잘 살라고 잘 살라고

그러는 것은

꽃처럼 살지 못한

까닭입니다

친구에게

겨울 초입에서 만났던 노인

무우를 뽑으며

이번 겨울은 유난히 춥겠어

유난히 춥겠어 하더니

보광산 소나무마저

잔뜩 움츠렸더군

이번 겨울은 정말 유난히 추워

그러나 친구여

아시지 않는가

겨울이 추울수록

봄은 더욱 찬란할 것을

진달래며 개나리가

더욱 곱겠지

우리 소나무같이

겨울을 나세

향기 진하게 꽃이 피겠지

이명

동지섣달
깊은 밤
풀벌레 소리

아내는
못 듣는지
코 고는 소리

부엉이
소리라도
기다리는데

창밖으로
내달리는
찬 바람 소리

여인과 나

아 꽃이여

아름다워서 꺾인 꽃이여

울음으로 잠긴 목이

갈래갈래 찢어지더라도

화병을 깨뜨릴

바람 부르는 노래를

불러야 합니다

두려움으로 굳은 몸을 던져

움츠린 영혼

마저 시들기 전에

흙바닥에 몸을 굴려

새로운 뿌리를 내려야 합니다

여인

탁한 숨결은 닿지 않는 곳에서

풀로 날걸 그랬어

뿌리를 내리기 버겁더라도 좋아
한 백 일쯤 해 오름 보고
한 백 일쯤 노을 볼 수 있다면

꽃이더라도
아주 작은 꽃으로
큰 바위에서나 필걸 그랬어
이름 붙여 부르지 않아도 좋아
우악스러운 손은 닿지 않는 곳에서
바람이 전하는
이 이야기 저 이야기 듣다가
새벽별과 같이 갈 수 있다면

문풍지 떨리는 날
문 틈새로 별이 보이면
뿌리는 없어도 좋아
육신은 바람 주고
영혼은 별에게 가리
육신을 별빛에 맡기고
영혼은 바람에 섞여도 좋겠네

욕 버리는 날

바닷물을 맛보시었소
바다에서 짠맛이 나는 건 아마
산골 도랑이
바다에 이르기 위해 흘린
땀 때문일 거요

그게 아니라면
그런 것일 수도 있소
개울이 되고 강이 되었다
바다가 되는 동안의 눈물
웃는 척 속으로 울어
짜디짜게 쩐 눈물

푹푹 찌는 오늘
땀의 맛과 눈물 맛이 섞인
바다의 맛을 보며
살다 살다 보면

태양같이 붉고 뜨거운 무엇을

토해 낼지도 모른다는

갯벌 같은 기대를 하오

갯벌 같은 기대 말이오

갯벌 같은 기대

겨울비

당신의 발자국에
비가 내린다

싸리울에 바람이
걸릴 때마다

쓸어 내고 쓸어 낸
여러 날의 비질이 허사였구나

부슬 부슬 부슬
비가 내리니

발자국은 점점
커져 가는걸

당신의 발자국에
비가 내린다

서산으로 넘는 해가
붉을 때마다

닦아 내고 닦아 낸
여러 날의 소제가 허사였구나

부슬 부슬 부슬
찬비 내리니

유리창은 점점
흐려지는 걸

귀천

물 빚어 배를 짓고

구름으로 돛을 달아

바람에게 밀으라리

햇살 곱게 추려

오색 옷 다 되거든

돌아가는 날

꽃을 기다리다

겨울은 누구에게나 긴 계절

추울 때 움츠린 것은

부끄러운 일이 아닙니다

꽃마리 쇠별꽃이여

낮은 키에

작은 꽃이면 어떻습니까

아직은 보이지 않지만

세상이 예쁘게

꽃과 어울릴

나비도 깨었을 테니

봄볕을 한껏 받으며

목젖이 드러나도록

한바탕 웃어도 좋겠습니다

봄마중

날 보러 오셨거든
잠깐 계세요
아지랑이 오르는
개울 뚝방에
종달이도 같이 왔나
보고 올게요

오신 이여 혹시라도
내가 늦거든
작은 가게 노여인
잠들기 전에
막걸리 두어 되
받아 놔 주오

나와 내 동무들
또시락 또시락거리고
종달이

쪼용쪼용하던

그날 그 봄을

얘기하리다

시를 배우다

말씀이야 하실 만큼
하셨을 여인

그녀의 입술에
감방의 창살같이
주름이 섰다

한마디의 말도
못 나오겠다
그래서 쓰시려는가
혼자 생각 중

시건 뭐건
할 말은
알아먹게 해야지

속내 푸른 여인과
시를 배우네

선농원

하얀색 민들레가 좋다고 해서
해마다 노란색은 꺾어 내다가
올해부터는 그냥 두기로 했네
마당에 한가득 환한 민들레꽃
나비도 느릿느릿 한가로운가

날개

새는

서로 다른 자리에서

서로 닮은 모습으로

같은 곳을 향하여

다르게 날갯짓 하는

두 개의 날개로 난다

정량의 살은

몸통에 집중하고

뼛속까지 텅 비운 날개 둘

앞서는 듯 앞서지 않고

다투는 듯 다투지 않으므로

창공을 함께 나는

좌익과 우익

살구

꽃이 피었다
진 자리

동글동글한
꽃들의 꿈

따뜻해야지
둥근 해처럼

알알이 담긴
꽃들의 소망

파꽃

작은 잎 하나 내지 않고
오로지 하늘만 향한 끝에
맺은 공

우리 사는 일이
파 꽃 피우듯
남들 보기엔
꽃 같지도 않은 꽃을
온 힘으로 피우는 일이다

때가 되면
애써 피운 꽃 지우고
꽃자리에 깊숙히
씨알을 품는 일이다

달팽이 발자국도
받아들이는 일이다
둥글게 되는 일이다

가뭄

오시려나 오시려나
기다리는 마음

마음같이 쩍쩍
갈라진 논에

양수기 우웡우웡
밤을 새워도

깊은 곳에는 여전히
타는 목마름

입석리 왕소나무

김홍도 현감 하던
그때쯤이었을까
가을 깊은 어느 날 저녁
솔방울 속 작은 씨알 하나가
연풍현 산마을 입석
다랭이 논가에서 잠들었다가
이듬해 봄산
산동백 터지는 소리에 깨었다
그 한 알 지금
마음씨 좋은 연풍 사람들이
세월을 버티어라 고인 쉿대에
한 가지 척하니 걸치고 서서
옛날에도 여름은 뜨거웠단다
옛날부터 여름은 짧았었단다
매앰 매앰 까랑 까랑

조팝

꽃이 피기엔 척박한 자리
꽃이라기엔 작은 것들이

그까짓 것 사는 것 이런 거라고
한꺼번에 오르르 피는 것인데

향기는 있어야 꽃인 거라고
한바탕 향기 내고 지는 것인데

풀처럼 여린 것이
작은 꽃들이

나리꽃

너무 노골적이지 않은가

생식도 좋지만

치마를 올리고

다리를 벌리고

벌 나비 가리지 않고

그렇게 생각했다면

당신

멜랑꼴리한

떨쳐 버리세 우울함일랑

캉캉춤이지 않은가

그의 몸짓은

치마를 흔들며

다리를 차올려

우울함을 날리는

경쾌한 몸짓

심각할 필요는 없어

생각을 가볍게 하세

우리는 조금씩

다르지 않은가

고만이 또는 고마리

참 흔하다
골마다 개울마다
고만고만이

소루쟁이 눈치 없다
족제비싸리 지독하다
뒷얘기 하며

여름내 저희끼리
찧고 까불다

해가 다 가기도 전에
사그라지는

고만이 또는 고마리

단풍이 되어

곱게 물들어
너의 손에 이끌려

자꾸만 네가 되읽던 쪽의
책갈피에서 머물다

푸르던 시절
가을이 그리운 날에

네 가슴에서
바스러져도 좋겠네

동무 생각

볕이 아직 좋은데
지는 잎이 있습니다
더 붉게 물들어서
같이 지면 좋을 텐데

무릎에 앉은
고추잠자릴 쫓으려다
혹시 그인가
그냥 둡니다

그래도
버티며 살아 보자는
그 짧은 이야기를
다 못 하여서

벌레 물러
구멍 난 잎같이

가슴으로 숭숭

바람이 듭니다

추석

꽃다운 꽃을 피우지 못한

잎들이 몸달아 하자

달이 둥글게 웃고는

다시 기울기 시작하는 것에 관하여

저녁에 생각해 봐야 하는 것들

특히 가을의 저녁에

생각해 봐야 하는 것들

그런 것들에 관하여

나무가 몸 속에 새기는 기록은

해마다 둥글었다

지난 겨울

벌목쟁이가 눕혀 놓은

낙엽송의 기록을 보았다

살아서 하늘을 향하는 나무는

올해의 추석에도

동그라미 하나를 더 품었겠다

단풍놀이

단풍 같은 사람들이

단풍같이 옷을 입고

단풍을 보면서 곱다고

단풍이 곱다고 곱다고

풍경

월곡리마을회관
월곡리경로당
무더위쉼터
범죄없는마을
노인건강증진센터

노병의 군복처럼
휘장을 잔뜩 붙인 집
이불 보따리만 한 가방을 둘러멘
한 오십은 넘었고
육십 가까이 됐지 싶은 사내가
불쑥 문을 열며
아 어째 동네에
사람이 하나도 없어요
그러자
그려 사람은 없어 늙은이들만 있고
사람이 어딨어 산송장들뿐이지

그리고

무덤 같은 침묵

꽃다지

살다가 가끔은

고개를 숙여 볼 일이다

차가운 땅바닥의 꽃다지

추위를 견디느라

벌게진 잎은

오랫동안 꿈꾸던

금선탈각의 묘수

꽃을 피우기 위해서는

겨울에도 포기하지 않고

온몸이 벌게지도록

이 악물고 버텨야 한다는

그 차디찬 이야기를

아무렇지도 않게 하면서

땅바닥을 구르며 깔깔거리는

꽃다지 앞에 선

나의 덩치는

몹시 무거워 허망하다

입춘이 여드레 전

너의 꽃은 곧 피겠다

봄바람(2)

달이 흐르는 마을

지난해의

벼 수매가를 용납하리라

콩값도 이해하리라

마음을 추스르며

거름 내고 쟁기질하다

점심을 먹는 사이

닭이 짖는다

오랜만에 알 하나 낳았을 게 뻔한

암탉 소리 요란하자

앵두나무에서 졸던 바람이

피식 웃고는

쥐똥나무 울타리를 슬쩍 건드린다

아 페미니스트여

겁 많은 나는 깜짝 놀라서

바람을 멈추게 하려 했으나

바람은 어느새

푸르기 시작한 풀밭을

데굴데굴 구르며 깔깔거린다

무제

땅에 발을 딛고

하늘을 보며 사는 일은 좋다

눈 속에 피는 복수초

키 작은 꽃다지

쇠별꽃이 좋다

목련도 좋고 장미도 좋다

이웃 풀에 기대어서

방싯거리는 들메꽃도 좋다

밭가에 섰더니 돌연 붉어

단풍을 개시하는

개옻나무도 좋다

노을이 먼저일까

단풍이 먼절까

저물녘의 안주도 좋다

산국 위에서 흔들거리는

볕이 아직 좋은 찰나

야인

하얀 꽃과 노란 꽃 사이에
노르스름한 민들레가 있다

하얗지도 않고
노랗지도 않은 게
꼭 저 같아서
찔끔거리다

하얗기도 하고
노랗기도 한게
또 저 같아서
피식거리는

회색의
사람이 있다

반쪽들

가난한 당신과
가난한 내가
얇은 이불 속에서
서로의 온기로
겨울을 나며 그랬듯이

반쪽과 반쪽이
꼬옥 보듬어 안고
꾸었던 꿈은
푸른 나무 하나
키우는 것

함께 비를 맞고
함께 볕을 쬐고
함께 흔들리며
푸르게 사는 나무

가난하여

서로 안으며 사는

반쪽들은 복이 있나니

푸른 세상에 동글동글

어울려 사는

부자

피서 가는 길에
산나리꽃을 향해 서서
오줌 누는 두 사내가 있다

왼쪽 사내는
제 오줌발을 보면서
어깨를 으쓱하고

오른쪽 사내는
왼쪽 사내의 오줌발을 보면서
으쓱한다

차들이 씨익씨익
지나가는데

김 영감

한때는 잘 나갔었다는
중늙은이 김 영감

산 중턱 조상님네
벌초하고 내려오면서

올라갈 때는 되게 멀더니
내려오는 건 잠깐이네 하더군

미끄러지자 얼른
싸릿가지를 움켜잡으며

만취

보아라
꽃 피는 곳을
아픈 자리에
꽃 피는 것을

취한 말이 제자리에서
비틀거린다

아프지 마라
꽃을 보아라
아프고 나서야 피는
꽃을 보아라

미안하다
아프지 마라
비틀거린다

너도

꽃같이 필 것이라

말을 못 하고

장수풍뎅이를 보았다

해질녘 날아가는
장수풍뎅이를 보았습니다

다 저녁에 날아야 하는
그 무거운 날갯짓

아

뿔이 없어도
난 정말 괜찮습니다

세월의 힘

밥 벌러 가는 길에
안개가 자욱하다

그래도 속도를 늦추고 가니
그런대로 갈 만하다

이러면 되는 것을
그때는 왜 그랬을까

한 치 앞도 안 보일 때
뭐가 그리 급했을까

상념이 고개 들자
차 한 대 휙 지나간다

브레이크를 한 번 더
밟았다 놓는 아침

봄봄

사랑해 하고 말하면

새로 돋는 봄풀 같은 소리로

나도 사랑해 하고

어깨를 기대어 오는

메아리 같은 사람을

사랑합니다

너무 이르지 않고

너무 오래 기다리지도 않게

봄이 오듯 봄이 오듯 와서

어느 결에 산동백을 피워 놓고

싱긋이 웃는

봄이 오듯 와서

좋아서 너무 좋아서

사랑해 하고 말하면

나도 사랑해 하며 눈을 맞추는

봄산 메아리 같은 사람을

사랑합니다

안부

그리 오래된 얘기도 아닙니다

따뜻하기만 하면

좋겠다고 했었지요

얼마 안 있어

조금만 시원하면

더는 바랄 게 없겠다고도 했습니다

봄꽃이 짧더니

단풍은 또

얼마나 더 짧으려는지

나처럼

가을 어귀에 섰을 당신

잘 있습니까

나도 봄

하늘하늘 일어난 바람이
마침내 땅을 흔들고 있다

곳곳에 스며들어
얼음을 녹이고
뿌리를 깨우는 중이다

경천동지라

뼛속이 근질거리는 걸 보니
나뭇가지에 물이 오르나 보다

보이지는 않아도
마음 대 보면 느껴지는 것들

병아리를 닮아서 좋다시던
생강나무꽃이 피겠다

개화

어느 해인가

매화는

봄보다 빠르게 피는

꽃이라고 생각했다

몹시 추운 겨울을

혼자서 앓고 난 뒤였다

밤이 새도록 비가 오더니

꽃이 터진다

이제

그리워하지 않기로 했다

그리우면 그리울수록

멀어지는 너

하나도 남김없이

그리워하지 않는 날

턱하니 나타나

씨익 웃어라

손주

와서 반갑더니

가서 고맙더니

그새 보고 싶네

거 참 신통하네

꽃일까 하여

나

하루에 한 번은
숨을 고르며

가만히 앉아서
곰곰이 보네

꽃인가
꽃 한 송이 피는가

가을길

추억같이 흔들거리는
코스모스가 없으면
무슨 맛이랴

세월같이 날아가는
낙엽이 없으면
무슨 맛이랴

곁에서 도란거리는
당신이 없으면
또 무슨 맛이랴

이 길 끝에는
무슨 꽃 피었을까
같이 걷는 길

날궂이

뿌연 세상에
비 내리는 날
인간을 생각한다

생각을 하고
언어를 사용하며
도구를 만들어 쓰고
사회를 이루어 사는 동물이
책갈피에 딱딱하게 굳어 있다

기왕이면 구절 앞에
좋은 하나씩 놓았으면 좋았을걸

좋은 생각을 하고
좋은 언어를 사용하며
좋은 도구를 만들어 쓰고
좋은 사회를 이루어 사는 동물
한결 좋지 않은가

하긴

모두 부끄럽겠네

존재의 이유

민들레를 보며
가벼워지기 위해서구나 하다

벼 이삭을 보며
무거워지기 위해서구나 했습니다

단풍을 보며
아름다워지기 위해서구나 하다

결국은 모두
자기로워지기 위해서구나 합니다

가볍거나 무겁거나 아름답거나

기분 좋게 사는 요령

어려운 거 아니야
그냥 힘을 빼고
숨 들어올 때
아
그 숨 도로 나갈 때
좋다
하는 거야
일하다가도 참참이
아
좋다
아
좋다
하는 거지

물론 속으로 조용히
그리고 깊게

바람의 바람

나 바람이라오

당신은 모르시라

따스하니 볕이 좋고 맑았던 오늘

당신 조팝나무 울타리 곁에 있을 때

꽃잎 싣고 갔던 바람

나였으나 모르시라

제일 고운 꽃잎 골라 머리에 얹고

한아름 꽃잎 눈처럼 날렸지

꽃 보며 웃는 당신을 보며

좋아서 덩달아 나도 웃었소

조팝나무 바람에 일렁일 때에

꽃가지 살며시 쓰다듬더라

거기에 깃들어 떨리던 바람

나였으나 모르시라

때 없이 당신을 맴도는 바람

나를 모르시라

자화상

또 하나의 겨울을 나고
딴에는 대견해 거울을 본다
전에 보았던
설익은 주름을 가진
배 나온 사내는 어디로 가고
비쩍 마르고
주름 깊은 사내가
나를 보더니
괜히 멋쩍어 하길래
덩달아 멋쩍어서
얼른 돌아서다
다시 돌아서
씨익 웃었다

출근 준비

오장육부를 다 두고 갈 수는 없고

간과 쓸개만이라도 떼어 놓고 가고 싶은데

마누라 모르게 둘 곳이 도무지 없다

후줄근한 뇌라도 널어 두고 갈까

머리를 만지작거려 보지만

그렇지 않아도 용량이 딸리는 터라

그럴 수도 없고

남은 건

아니꼽더라도

배알이 꼬이지 않도록

속을 싹 비우고 가는 것뿐

구멍 난 순수의 방석을 깔고 앉아

애쓰는 아침

해거름의 산책

그림자 길게 동쪽으로 누울 무렵

딸과 아내와 산책을 나섰습니다

어찌어찌 뒤처져 걷다가

앞서가는 두 사람을 보니

딸은 어디로 가고

아내와 장모님이 걸어가고 있습니다

그럴 리 없는데

정신을 가다듬고 다시 보아도

분명 아내와 장모님의 뒤태입니다

여보시오 부르자 돌아보는데

아

아내는 딸이 되고

장모님은 아내가 되었습니다

가을 해는 짧아서

벌써 땅거미 집니다

바람의 노래

나무가 되리
당신 다니는 길
사철 잎 푸른 나무가 되어
새들 깃들어 노래하게 해
당신 발길 머물거든
나누리라 못다 한 이야기
아 그러나 나는 바람 되었네
간절한 나의 소망은
당신의 길 지키는 나무였으나
허공을 떠도는 바람
미안하다는 말도 못 하고서

꽃으로 피리
당신 방 창가에
오색 향기 좋은 꽃으로 피어
벌 나비 날아와 춤추게 하여
당신 눈길 머물거든

다하리라 못다 한 사랑

아 그러나 나는 바람 되었네

간절한 나의 소망은

당신의 뜰에서 피는 꽃이었으나

허공을 떠도는 바람

고맙다는 말도 못 하고서

토마토

땅으로 흘러
토마토 속으로 들어간
농부의 땀이 새콤하다

탱글탱글한
농부의 발자국 소리가
뽀드득 뽀드득 들리고

태풍 같은 한숨을
기어코 밀어낸
농부의 웃음이 달큼하다

토마토

몽돌밭에 선 나에게

너도 예쁘다

그리 미끈하지도 않고
변변한 무늬 하나 없는

부딪혀 깨지고
구르며 둥그레졌을
몽돌처럼

돌 속의 돌 하나로
묵묵히 섞인

비 내리자
기꺼이 비를 맞으며
동글동글 반짝이는
몽돌처럼

너도 예쁘다

형도 나와 같이

잘은 모르지만

행복이 모양을 가졌다면

아마 물을 닮았을 거요

그릇의 모양대로

그릇의 크기만큼

오롯이 담기는 물처럼

깨끗하면 깨끗하게

더러우면 더러운 대로

청탁을 반영하는 물처럼

형의 행복은 형의 마음같이

나의 행복은 나의 마음같이

생겼을 거요

뜨거운 물을 부어 우려 낸 차를

행복인가 행복인가 마시며

형을 생각하오

깊어지는 가을

형도 나와 같이

짙푸르던 여름을 반성하며
형수의 빈 잔에 차를 따르리라
누구라도
혼자서 맞이하는 겨울은
삭막할 테니

밤에 관한 제언

밤에는 불을 끄십시다

풀들이 잠들 수 있게

별을 안내하던 개똥벌레는

제 발광이 소용없자

다 사라져 버리고

불빛에 가려 보이지 않는

별을 좇다 고단해진 풀은

눈곱 낀 꽃을 피우다

열매도 없이 스러집니다

에디슨을 욕할 수는 없어요

가난한 사람들이

집으로 가는 길

돌부리가 박힌 곳의 가로등은

꼭 켜두어야 하니까

다만 기름진 부대를

더 달고 짜게 채우려는

광란의 불일랑

이제 그만 끄십시다

풀들도 꿈꿀 수 있게

아내의 신발

바다로 나갔던
작은 배 두 척이
부두로 돌아와
코를 맞대고 잠들어 있어요

북극성도 모르면서
바다로 나와 기우뚱거리는
실없이 덩치만 큰 배를 만나서
여기까지 끌고 오느라 고단했는지
가을비가 밤새도록 내리는데
세상모르고 곤히 자네요

작아진 나는
조용히 조용히 포구를 나서며
오늘의 일당을 들고
적당히 잘 마른 오징어와
산낙지를 고르는 상상을 해요

다행이에요

바람도 아는지 빗소리만 나서요

가을(1)

밤 주우러 가는 길에

꽃이 피었습니다

여뀌에는 여뀌꽃

고마리에는 고마리꽃

쑥부쟁이에는 쑥부쟁이꽃

취에는 취꽃

모두 따로 저답게

제멋대로 피었습니다

아름답게 피었습니다

사랑하면 웃음이 난다

꽃은

사랑할 때 피는가 보다

활짝 웃는

웃음같이 피는 걸 보면

너를 생각하면

웃음이 나는 걸 보면

목련

뾰족해야 한다
꽃을 피우기 위해선
뾰족해야 하는 것이어서
나무의 끝은
기도하는 손끝처럼 뾰족했다

단단해야 한다
꽃잎을 지키기 위해선
단단해야 하는 것이어서
꽃잎 품은 봉오리는 단단했다

둥그레야 한다
두루 고운 꽃이 되기 위해선
둥그레야 하는 것이어서
봉오리 열고 나온
꽃잎은 둥그레했다

밝아야 한다
모름지기 꽃이란
밝아야 하는 것이어서
사월의 연등처럼
꽃은 환하고 밝았다

툭

뭔 헛소리하고 섰어
꽃은 어느새
허공을 두드리고
돌아가는데

기회

곁에 있는 사람
누구입니까

지금이
전부입니다

어제는 영영 사라지고
내일은 영원히 닿지 못 할 신기루

멈추지 않고 불어 대는
바람 앞의 꽃잎입니다

지기 전에
따사로이 눈을 맞추고

가슴 깊이 안아야 할
사이입니다

꽃에도 그림자 있습니다

괜찮아요

곧 날이 밝을 테니

봉오리 깨지지 않고

피는 꽃 보셨나요

맞아요

우리 사는 세상에

아프지 않고 피는 꽃은

하나도 없어요

잎 사이사이 갈무리한

꽃의 그림자가

꽃잎을 더욱 도드라지게 하듯

잠 못 들게 하는 까닭이 익어

희미했던 나이테를

둥글고 뚜렷하게 할 겁니다

그래요

너무 걱정하지 말아요

한숨 자고 나면

새아침이 올 테니

숨도락

석굴암 본존불을
흉내 내고 앉았어요

등마루 곧추세워
머리끝 하늘에 대고

입꼬리 살짝 들어
슬며시 웃음을 담고

땅의 숨구멍이었다가
하늘의 숨구멍이었다가

땅의 숨구멍이었다가
하늘의 숨구멍이었다가

분주히 콩닥거리던
바람이 잦아들면

투명한 어둠의 속
텅 빈 고갱이

쉿

지금 여기에서의
행복한 머묾

무사한 월동

회색 잔겨울이 남은 길

색 바랜 등산 모자를 쓴 할아버지와

꽃 그림 몸뻬 바지를 입은 할머니가

둘이서 한 몸으로 걸어갑니다

할아버지는 한 손의 지팡이로 조심조심 길을 두드리며

한 손으로는 할머니의 손을 꼭 잡고

할머니는 한 손으로 할아버지의 손을 꼭 잡고

한 손에는 나풀대는 검은 비닐봉지를 들었습니다

죽집 앞에서 잠깐 멈추었다가 이십사시 편의점을 지나

단단하게 잡은 손을 더욱 꼭 잡고 건널목을 건너갑니다

아이 손을 꼭 잡은 아버지처럼

아이 손을 꼭 잡은 어머니처럼

이윽고 유명약국 앞에 이르자 마주 보더니

할아버지는 지팡이로 길을 꾹 누르고

할머니는 할아버지의 모자를 고치고 옷깃을 여미고

길 위로 햇살이 가만가만 내리는데

따뜻합니다

단짝

반대말보다 가까운

말이 있을까

남자와 여자

사랑하며 미워하며

밤낮

삐걱거리고 미끈대며

밀고 당기는

먼 듯 가까운

너와 나같이

심지어

삶과 죽음같이

갈애

바람이 분다
흔들리는 촛불이
너였다가
너였다가
너였다

삼월도 십구일
젖은 눈이 오는데
바위 같은
눈송이
눈송이

너는 오늘도
비였다가
눈이었다가
길 찾는
바람이었다가

깊은 밤

꿈틀대는

번데기의

날갯짓이었다가

꿀맛

꿀 뜨다 생각 없이
물 한 잔 마시는데
벌 한 마리 다짜고짜
꿀 도둑놈이다
꿀 도둑놈 여기 있다
소리 지르자
소나기 들이닥치듯
꿀 도둑놈이다
꿀 도둑놈이다 아우성친다
도둑놈이다
도둑놈
꿀 도둑놈
손사래 칠 새도 없이
뒤통수에 한 방
가마 근처 서너 방
꿀맛이 얼얼하다

내가 개와 고양이를 기르지 못하는 이유

내 안에 사는 여러 짐승들

특히

뿔난 소

미친 개

발정 난 숫사슴

예민한 원숭이

나는 아직 이들과도

다 친하지 못합니다

여차하면 날뛰는

거친 짐승들

세월 덕분에

좀 순해졌나 했는데

낮에 보니 웬걸요

갈 길 아득히 멀었습니다

길조

몹시 아프다는 건

아마 우화의 징조

또 한 겹의 허물을

벗어야 한다는

속 깊은 신호

번데기 나비 되듯

한숨 자고 나면

날개 한 쌍 우쑥 솟아

하늘을 훨훨

날게 될지도 몰라

손주 생각

남산에 오르는 길

잎 사이 매달린 밤송이가

세 살배기 막둥이 주먹만 합니다

엊그제까지만 해도

비린 꽃내가 물씬 나더니

길 곁에 나풀나풀

원추리꽃도 피었습니다

큰 녀석이 보면 좋아할 텐데

푸른 나뭇잎 사이로

제 누이와 동생 사이에서

잘 노는 둘째 녀석이

빠진 앞니를 보이며

해처럼 웃습니다

오늘 저녁에는 아마

전화가 올 테지 하고

꾹꾹 기다리는 토요일입니다

무명

길의 끝

거기에 당도해 보니

아무것도 없었다

먼지 알갱이는커녕

한 톨의 바람 알갱이조차 없는

가없는 허공

투명한 어둠

그래서 그는

팔만 법문을 설해 놓고선

한마디도 말한 바 없다고 했고

입던 옷을 벗어 버렸고

자기 말에 속지 말라고

손사래를 쳤던 것이다

눈 뜬 자는 보았으련만

꿈에서 헤매다

지나가는 뗏목을 붙들고 묻는다

혹시 그런가

딱

벽 터지는 소리 아직 사납고

아무것도 보이지 않는다

너의 의미

아무것도 아닌 것이 아니다
허공이 그저 그렇게 있어
모두 있는 것처럼

풀처럼 피며 풀처럼 지며
아무 일도 아닌 듯이
우주를 돌리는 중이다

존재한다는 것은
다만
존재한다는 것은

고치를 지으며

그만 먹고

고치를 짓자

고치를 짓고 번데기가 되자

번데기가 되어 나비 꿈을 꾸자

그토록 고왔던 봄을

좋은 줄도 모르고

여름은 굉장히 뜨거웠구나

목이 마르고

숨이 가쁘고

아

터도 다 못 닦았는데

단풍 들더니 낙엽이 진다

여름보다 더 짧은

가을이 간다

부지런히

고치를 짓자

번데기가 되어

나비 꿈을 꾸자

만나서 반갑다

허공을 딛고 타는

태양을 붙잡고

쉴 새 없이 돌아가는

지구의 한 모퉁이에서

나는 네가

때로는 밉고

때로는 기뻐서

밀고 당긴다

아는 것도 없으면서

사는 게 다 그렇지

선 곳이 그러므로

밀고 당기며 사는 거지

마치 무얼 알기나 하는 것처럼

밀당의 자국을 내다

그저 아무 일 없이 지나가는

하루해가 고맙고

심심한 저녁이 감사해질 무렵

서리 내리고
성긴 국화꽃 위로
마른 잎이 떨어진다
만나서 반갑다
썰렁한 날 쓰다듬어 보는
너의 자국이 따뜻하다

바람의 죽음

납빛 바람이

폐비닐처럼 너풀거리고

빈 페트병처럼 굴러와 처박힌다

찌그러져 반쯤 묻힌 타이어는

바람의 짓이 아니다

깨진 거울을 버리려다

조각난 제 얼굴과 마주친

사십 대 가장의 양심과

아이의 가르랑대는 가슴이 엉켜

풀잎에서 파르르 떨고

기어코 일어나려던 바람이

휴우우 신음 소리를 내며

맥없이 주저앉는 저녁

묵은 쓰레기장을 뒤져

하나도 썩지 않은

1970년대의 라면 봉지와

소주병을 찾아 들고

침을 튀기는 어떤 이처럼
한 천 년 후에도
아픈 바람이 날개를 접던
이 기슭에 살아남아
옛날을 뒤적거리는 사람이 있을까
흔들리고 갈라지는 땅
어두워지는 하늘
스스로 앞당긴 여섯 번째의 종말로
무엇이 될까
너무 지나친 우리는

만추

이따금 바람이 몹시 거칠어

넘어지고 부러지기도 했습니다만

헛싹이 트기 전에

콩 타작까지 마쳤으니

이제 느긋하게 저녁을 먹고

앉아서 꾸벅꾸벅 졸아도 좋고

아예 세상일 몰라라 누워

푹 잠들어도 되겠습니다

관계를 쓰다듬는 법

사이를 가로막는

미움이 싹트려 하거든

벽으로 자라기 전에

괜찮아

잘 될 거야

주문을 건 다음

마음을 보내는 거야 천천히

미안합니다

용서하십시오

고맙습니다

사랑합니다

한 마음이

다른 마음 보고 웃으면

다른 마음도

따라서 웃을 테니까

너는 꽃과 같아서

나비가
빙빙 돈다

작은 말에도
깊게 패이는
너는 꽃과 같아서

행여나 다칠까
꽃잎 지면 어쩔까
나비는 앉지 못 하고
빙빙 돈다

너는 꽃과 같아서
반가우며 기쁘며
짠하니 애잔도 하며

나비는 어쩔 줄 몰라

빙빙 돈다

빙빙 돌기만 한다

미선이 피는 자리

꽃이 피기가 어디 쉬운가
꽃망울 터지고
꽃잎 갈라지는 일이

짧게 피고 지는 꽃의
환한 웃음은
쏜살같이 닥쳐 오는 조락을
마주 보는 일이

작은 꽃잎 열어
꽃송이 꽃송이마다
향기를 나누어 담는 것은
얼마나 조심스러운 일인가
알맞게 담아내는 일이

그러므로
우리 손 잡고 꽃을 보는 건

얼마나 기쁜 일인가

은은한 향기로 함께 숨 쉬는

지금 여기 우리는

슬퍼하는 이에게

슬퍼하십시오
그러나 해가 뜨면
일어나 아침을 맞이하십시오
밤이 낮에 머물지 않듯
슬픔에 머물지는 마십시오
날은 밝아지고
기쁜 일도 있으리니
기뻐하십시오
밤과 낮이 그러하듯
슬픔과 기쁨은 돌고 도는 것
낮이 밤에 머물지 않듯
기쁨에도 머물지는 마십시오
꽃이 죽어서 씨앗이 되고
씨앗이 죽어 새싹이 됩니다
슬픔도 기쁨도 흐르는 것
바다로 갔던 강이 비로 옵니다
슬픔을 슬퍼하십시오

기쁨을 기뻐하십시오

그러나 머물지는 마십시오

나의 천국

애써 말하지 않아도 속이 훤해서 말없이 서로의 빈 잔에 술을
채우는 조용한 친구 하나 있고 싸리꽃 피는 곳 평평한 바위 곁
에 너무 독하지 않고 아주 싱겁지도 않은 맑은 술이 샘처럼 솟
는 나라 병원과 약국은 없는 나라 아픈 사람 하나도 없어 병원
이나 약국은 필요가 없는 나라

여름 민들레 꽃씨 날아가다 개망초꽃에 앉았다

꽃은 낮게 피어

바람을 피하더니

씨앗은 높이 올라

바람을 타네

꽃씨 하나 날아가다

앉은 곳에는

간절히 매달린

하얀 부러움

개망초

야무지게 피고 지는

동그란 꽃이

바느실 가는 길

말없이 서로의 배경이 되는
좋은 풍경이 있습니다
호수
길
은행나무
적당한 간격이 어울려
아름다운 풍경이 되었습니다

삐약삐약 종종종 이 길을 걸어
나와 놀았던
병아리 이름을 불러 봅니다
형수 진명이 진호 환정이 정기 오정이 진복이 건임이 창수 찬수
규남이 경옥이 태훈이 범수
설마…
하긴 전깃불 없는 겨울밤은 길었을 테니
피식피식 노란 은행잎이 구르고
장자봉에 호랑이 살던 때부터

바느질로 옷 지으며

한 땀 뜨고 님 오시나

한 땀 뜨고 님이 오시나

하염없이 이 길을 살피고 있다는

전설 속 여인이 짠해집니다

길은 깊어지고

사람들은 서로 풍경이 되고

바느실

가을에는 바느실에 가자
물빛 나비들이 사는 호숫가
노랗게 물드는 길을 걸으며
물들자
물들자
깊이 물드는 게 어디 쉬우랴
가을마다 가을마다
곱게 물드는 나무를 보고
곱게 지우는 나무를 보며
조금씩 조금씩 물들다 보면
마침내 마지막엔
살구 맛이 나겠지
잘 익은 참외 맛이 나겠지

매미

날개옷을 입고 보니
땅에서 할 만한 일은
이것뿐이라고

여름 내내 한 소리
싸랑 싸랑 싸랑 싸랑

우여곡절이 왜 없을라고
그래도 해야 할 일은
이것뿐이라고

목이 터져라
싸랑 싸랑 싸랑 싸랑

수국

종자식물의 번식 기관
꽃의 정의가 그뿐이라면
수국은 꽃이 아니다
꽃도 아닌 것이 꽃같이 피었다
헛꽃이란다
생식의 교접만이 전부라니 원
세상이 좀 더 넉넉해지도록
꽃의 정의는 바뀌어야 한다

수국이 머무는 동안
박수 받아 마땅한 것이
꽃이 아니라 꽃받침이었다는
뜻밖의 분별을 거부하거나
처녀의 꿈이란 변덕스러운 진심이라는
꽃말의 구속을 눈치채거나
꽃들은 원했을 리 없는
속셈 가득 찬 이름의 굴레를
벗겨 주어야 한다

아스팔트가 녹아 흐물거리고
맨홀 뚜껑에서 팬케이크가 익는 건
어쩌면 징조
얼마나 남았을까
너와 나 디디고 사는 땅의 인내는
꽃을 갈라치기 하는 오만의 시간은
함박 같은 수국의 웃음은

슬픈 선택

세상에
제 새끼보다 간절한 것이 있을까
제 살보다 더 아픈 살

그럼에도 불구하고
제 안의 태를 삭여
제 몸을 채워야 하는 속

버티기 위해
제가 낳은 새끼를
제가 도로 삼켜야 하는 종

밤이 사라지고
플라스틱이 마구 돌아다니자
아기 낳기를 멈추는 류

알아요

아이의 자폐는

자기의 소멸보다

더 아플 테니까

난감한 바다

언 발에 오줌 누는 놈

누워서 침 뱉는 놈

서까래 숦아서 군불 때는 놈

이놈들보다 천 배 만 배

무식하고 미련하고 어리석어서

생사람 잡을 놈이 있다

바다에 독극물 버리는 놈

그래도 된다는 놈

과학적으로 이상 없다고

잠깐이야 표 나지 않겠지만

하루가 이틀이 되고

이틀이 사흘이 되고 나흘이 되고

일 년이 되고 이 년이 되고

삼 년 사 년이 되면

그게 어디에 쌓여

그 바다는 어디로 흘러

삼척동자도 알 만한 일에

과학은 무슨 과학

그렇지 않아도 과학이 싼 똥으로

얼음이 녹고 지진에 태풍에 산불에

플라스틱이 사방에 구르고

둥둥 떠다니고

이 별 끝내 못쓰게 되면

우리 아이들은 어디에 살아

답답한 놈

어젯밤에는 바람도 비도

밤새도록 뒤척이던데

수세미

나로
그대 빛나라

봄 가을 여름 겨울
젖으셨더니

꽃으로 오셨어요
어머니는

삶을 망설이는 꽃에게 보내는 연서

지지 마라

못 들은 척

못 본 척

모르는 척

그까짓 것

존재하라

다시 오기 어려운 땅

그림자를 씹어

꾹꾹 삼키며 살아 낸

어엿한 코끼리로

고요의 숲을 찾아

아늑히 눕는

알맞은 때가 오리니

오직

존재하라

오늘처럼 기막히고

어이없는 날에도

가을(2)

살아 있는 동안

한 번은 고와보자는 것이다

놓으면 죽을 것 같던 가지를

탁 놓아 버리는 것이다

단풍과 낙엽과

돌아가는 것에 관하여

생각해 보는 것인데

나무는 가볍다

세월 따라 잎을 내고

꽃을 피우고

열매를 달았을 뿐

비 오는 날에는 젖었고

바람 불면 흔들리며 살았으므로

언제쯤 물들까

얼마나 남았을까

남은 시간의 소망을 헤아리는

욕망이 부스럭거리자

우수수 남았던 잎이 지고

가을이 낙엽 따라 후드득 날고

미안합니다

그러지 말걸 그랬습니다

개나리 진달래

지천으로 피었을 때

꽃 좋은지 모르고

여름엔 허랑방탕하다가

가을이 깊어서야

볕 귀한 줄 알게 된 것도 그렇지만

당신에게 정말

그러지 말걸 그랬습니다

된서리 맞고서야 뒤돌아보니

당신 밭에 돋아나던 여린 꽃 싹을

어린 발질로 밟아 놓고서

까맣게 잊어버리고 살았습니다

부러진 꽃 싹을 안고

하얗게 새운 밤 많았을 텐데

사금파리를 품은 듯 아팠을 텐데

아

그러지 말걸 그랬습니다
미안합니다
미안하고 미안합니다

눈

눈이 옵니다

송이송이 당신입니다

하얗게 웃다가

이리저리 달아나고

나무 뒤로 숨더니

넘어지듯 달려옵니다

눈물 나는데

그리워서 우는 눈물 아닙니다

눈에 눈이 들어와

녹아서 흐르는 눈물입니다

그날처럼 짓궂은 바람이 불고

펑펑 눈이 오고

자꾸만 눈으로 눈이 들어오고

정말 괜찮은데

눈물이 나고

눈은 폭폭 쌓이고

채비

설마설마 했는데
정말이었어
세월이 쏜살같다는 말
꽃이 피나 했더니
벌써 지더군

저 꽃잎 다 지기 전에
마저 비워야겠어
차마 버리지 못 하고
혹시나 쟁여 둔 것들

벚꽃처럼 가벼워서
가자 부르면
아무 때라도
길을 나서게

봉숭아

첫눈은 벌써 왔는데
우린 이제 봉숭아물 들이네

왜?
그러면 안 돼?

응
아니
안 되는 건 아니고
그런 게 있어

그런 거?
그게 뭐야?

내 딸과
내 아들의 딸이
봉숭아물 들이는데

열다섯 때였나 여섯 때였나
봉숭아 꽃잎 따며 깔깔거리던
서울에서 왔다는 뽀얀 계집애

뻘짓

이윽고 어둠이 내리자
닭은 근심을 피해
공중으로 오르고
개는 철푸덕
땅바닥에 배를 까는데

잠을 잔다는 것은
꿈을 꾼다는 것
날마다
새 꿈을 꾸며
새근새근 자고 나서
싱싱하게 깨어나는 풀들
환하게 피어나는 꽃들

땅이 흔들리는 까닭을
알 만도 한데
밤에도 벌겋게 불을 켜 놓고

한숨을 쉬고
소리 지르고
종종거리는
사람들

관계

밀고
당기며
돌아가네

해와
달이
그렇듯이

밤
낮
할 것 없이

너와
나와
그들처럼

맛

머위는 쓴맛이 나

호장근은 신맛이 나고

미나리는 알지

쓰지도 달지도 않은 묘한 맛

신기하지

풀에서 사람 사는 맛이라니

그러고 보니

사는 게 다 그래

달거나 고소한 맛은

대개 끝에 있어서

오랫동안 기다려야 해

꽃이 피었다 진 자리

비바람 달게 먹고

잘 익으면

기쁘게 살기로 했다

여기 요 꽃 좀 봐
요 작은 풀꽃

여기 말고 어느 별에 꽃이 피는가
이 땅 말고 어느 곳에 새가 날으며
땅 중에 어느 땅이 이리 푸른가
하물며 우리 아는 어느 곳에
가슴 뛰는 사람들 있어
서로 살 대이며 안으며 사나
때로 바람 거세도
가지가지 꽃향기
푸릇푸릇 새소리
싱싱한 풀 나무 더불어
우리 물처럼 도란도란 흐르는
이 푸른 땅이 기쁘지 않으면
어느 별에 이르러 즐거울 건가
나는 기뻐할 테다

그냥 이대로

재잘재잘 지줄대는

아침 새처럼

희미한 진술

사느라고
죽는 줄 알았습니다

형들의 말대로
힘을 빼고 벌렁 누우니
물에 둥실 뜨던
벌컥 개울물을 먹고서야 얻은
자맥질의 요령

오면서 어렴풋이 들은 얘기론
무상의 꽃나무
영혼 훈련소
기울어진 교실
기적 수업
수만 번째의 재수강

도대체…

살아 있는 동안은 또렷이 보일 리 없는

한사코 붙들고 매달려야 할

투명한 어둠의 속 텅 빈 고갱이

특별한 쇼핑

오늘은

쇠고기미역국라면으로 사자

하얀 쌀로만 지은

햇반도 하나 사고

특별한 날이니까

계란도 하나 사자

특별한 날이잖아

물을 넉넉히 잡아

계란을 풀고

밥을 말아서

배부르게 먹자

배짱이 좀 두둑해지도록

그런 다음 나에게

특별히 말해야지

사는 게 아니라

살아 내는 거야

이왕에 온 세상

토 달 것 없어

쉽지는 않지만

괜찮아

이유가 있겠지

잘 왔어

생일 축하해

나에게

너는 자주
우주의 숨구멍이라는 사실을 잊는다
보아라 들이쉬고 내쉬는 너의 숨으로
우주가 살아서 돌아가는 게 아니냐

세상의 중심이라는 사실도 잊는다
세상 모든 풀 꽃 나무나 찌르레기 풀무치도
너를 따라서 깨고 너를 따라 잠드는 게 아니냐

자신이 신이라는 중요한 사실마저도 잊는다
언제든 어디에서든 바로 마음 대면
너는 사이 깊은 신의 일원이 아니냐

아프지 마라 세상이 아프다
슬프지 마라 세상이 슬프다
너 기쁠 때 세상이 온통 기쁘지 않으냐

꽃의 원색

'고운 빛은 어디에서 왔을까
아름다운 꽃송이'

아마도 밤이겠지
오색 꿈을 꾸기에는
아무래도 밤이 좋으니까

어쩌면 흙일지도 몰라
비 개던 날 무지개를 보았던
어느 풀나무의 꿈
그 풀나무 죽고 죽어
마침내 빚어낸 빛

꽃을 모두 모아 보면 알까
마를까 무를까
꺾어지면 어쩔까
숯처럼 까매졌을
꽃 속의 깊은 색

태양의 염려

칼의 말처럼
조금만 나와서 보면
그곳은 고작
창백한 푸른 점 하나

어라 모르나
저 작은 푸른 점에
불을 지르네
불이 번지네

저런 저
귀 쫑긋한 고라니
아직 어리고
쑥부쟁이 구절초
한창 고운데

어허
저 푸르던 작은 별 하나

너에게 꼭 하고 싶은 말

너는 언제나 처음처럼
방긋방긋 빛난다

너 있어
나 행복하나니

세상에 어떤 꽃이
너보다 예쁠까

세상에 어떤 노래가
너보다 기쁠까

너는 하늘만큼 신비롭고
해보다도 눈부시나니

세상에 어느 별이
너보다 반짝일까

나의 아가야

지금

참 좋은 때
미안해요 하기에도
용서하세요 하기에도
고마워요 하기에도
사랑해요 하기에도
정말 좋은 기회

늦사랑

맛있는 걸 먹을 때 생각나

좋은 풍경을 볼 때도 그렇고

좋은 게 생기면 주고 싶고

좋은 걸 같이 하고 싶고

보고 있어도 보고 싶고

많이 미안하고 고마웠구나

저녁 먹은 설거지나 겨우 하면서

반만이라도 갚고 가야지 하면

당신은 빙긋이 웃기만 하고

하나의 산을 보고

동쪽 사는 사람들 서산이라 우기고
서쪽 사는 사람들 동산이라 벼기네
남쪽 사는 사람들 북산이라 뻗대고
북쪽 사는 사람들 한사코 남산이라네

산은 어리둥절 말이 없어도
하늘이 보고는 웃을 것 같아

나의 곳으로

꽃이 지지 않고
백날을 가면

열매가 썩지 않고
천날을 가면

좋을까

하물며
껍데기야

별빛을 가로막은
멍든 시간아

새아침 편지

새해 첫 새벽에

닥치는 대로 살자고 하면

좀 삭막하고

되는 대로 살자고 하면

좀 게으른 느낌인가

주시는 대로 사는 건 어떨까

이거 괜찮네

주시는 대로

밤은 밤이어서 좋고

낮은 낮이어서 좋고

신맛은 신맛이라 좋고

쓴맛은 쓴맛이라 좋고

달거나 맵거나 짠맛도

다 주시니 좋다고 하자

진자리도 좋고

마른자리도 좋고

아무 바람 없는 듯이

감사하며

기뻐도 하며

콩이네

알콩달콩

아기자기

오순도순

도란도란

토실토실한

나무, 돌아가다

오래된 나무는 스스로 한 평 남짓의 사각분에 들어가 자리를 잡
았다 산이 보이는 창가 저 싱싱한 나무들처럼 푸르던 때가 있었
지 새들 깃들어 알을 품던 시절 잎새를 갉아먹고 수액을 빨아
대던 벌레들마저 그리움으로 피고 버리고 펴주면 좋았을 것을
잔뜩 지고 사느라 휘어진 몸통은 이대로 굽은 채 가야 할 모양
이다 말라 가는 고사목에 때맞춰 눈을 맞추는 다정한 사람에게
따뜻하게 한마디 하고 싶은데 물조차 넘기지 못 하는 목구멍은
더 이상 아무 말도 만들어 내지 못하고 연습하지 않았던 사랑한
다는 말은 속으로만 하자고 해도 끝내 멋쩍어서 고맙소 고맙소
바꿔 되뇌다 창틈 새로 들어온 바람이 이제 그만 가자길래 그래
가야지 했다
가야지 축축했던 미련도 다 말랐으니

나무에게

울지 마라
잎이 다 지는데
꽃이 없는 건
그건 아마도
너는 나무라
아직은 풀 같아도
불새 같은 수십 겨울
지나고 나서
산새 들새 허물없이
품어 안고 살
너는
크나큰 나무라

봄비

이 비로

응달의 잔설마저 다 녹으면

제일 먼저 달려가 냉이를 캐리

남아 있는 겨울 흙을 말끔히 씻고

가마솥에 넉넉하게

냉이국을 끓이려네

오 저 소리

퍼지는 봄냄새로

꽃다지꽃 쇠별꽃 봄까치꽃과

산동백꽃 싸리꽃 진달래꽃과

개나리꽃 살구꽃 복숭아꽃과

목련꽃 배꽃과 명자나무꽃

촉촉촉촉촉촉촉촉촉촉촉촉

서로 먼저 달려오는 발자국 소리

2025 청명

11시 22분

쨍하고 찡한 빛

세상에

민들레꽃과

앵두꽃 살구꽃 개나리꽃이 피었습니다

산으로 오르는 초록도

어느새 곱고

아닌 밤중에 붙은 불로

속이 타는 바람에

산동백이 다녀간 줄도 몰랐습니다

그래도 정말 다행입니다

참 잘 됐습니다

낙화

온통 설레 놓고
참 쉽게 진다

모르겠다
탁 놓아 버리는 건지

믿고
턱 맡기는 건지

또다시 돌아가는
길이라 해도

지는 일이
쉬울 리야 있으랴만은

나무가 사는 법

바람이 부는데 어떻게 안 흔들려

덜컹덜컹 거세게 들이치는 날에는

뿌리 깊은 속까지 시큰거리는 걸

울고 싶을 때 있지

묵묵한 바위숲에 가슴을 묻고

울컥울컥 쏟아 놓고 싶을 때 있어

어떻게 울어

나무가 울면 풀들은 어쩌라고

괜찮다 지나간다 버티는 거지

자세히 보면

괜히 그러는 건 아닌 것 같아

바람을 견디느라 단단해지고

울음을 참는 동안 점점 깊어져

얼마나 더 가야 할지 몰라도

바람으로 노 삼아서

흔들리며 버티며 흘러가

나무는

미리 쓴 마지막 시

얼마나 멋진 일인가

눈부시게 푸른 하늘이 된다는 건

저토록 깊은 허공이 된다는 건

얼마나 신나는 일인가

바람이 된다는 건

훌훌 벗어 놓고 돌아간다는 건

다만 당장은 이별이라

노을처럼 붉을 뿐

평화로운가

나를

지금 이대로

감사하는가

그를

지금 그대로

기뻐하는가

그냥

그러한가

사랑을 잃어버린 것에 대한 변명

해야 하는 일을 하면서 사는 동안

하고 싶은 일을 잃었다

가고 싶고 가고 싶던

너에게로 가는 길을 잃어버렸다

통증을 가다듬는 기도

가장 알맞은 때에
제일 마땅한 것으로
작은 지경을 넓히시는
큰 사랑을 믿습니다

바위우박이라도
천둥벼락이라도
덜지 말고 주십시오
몸이야 흔들려도
작으며 가난한 혼이
온전히 받으리이다

옳습니다
폭풍우 지나거든
낮게
낮게도 하십시오

너는 참 좋다

너의 말은 따뜻하다

무슨 노래가
봄뜰에 햇살같이

얼었던 가슴을 녹여
두근거리게 하나

너의 웃음은 눈부시다

무슨 꽃이길래
보시시 피어나면

이다지도 세상을
기쁘게 하나

가을 일기

마당에 별이 내려온 듯

구절초꽃이 피었습니다

지난 봄 꽃모종을 주며

환하게 웃던

사람이 떠오릅니다

세상이 환해집니다

새봄이 오면 나도

꽃씨를 뿌리고

꽃모종을 나누는

사람이고 싶습니다

누가 나에게 물으면

사는 동안 가끔 아니 자주

나를 끌어줄 말들이 필요했다

그냥, 그래도, 이만하면, 괜찮다…

살자

어느덧

성큼 다가온 겨울 앞에서

살아 보니 살기를 잘했다며

가슴을 쓸어내린다

불편했던 가면에 눌린 자국을

괜찮다 괜찮다 쓰다듬는다

꼭 붙들고 살았던

말의 고삐를 놓으며

잘했다 잘했다 토닥거린다

얼마 안 있어 눈이 올 텐데

내가 나를 안아 주지 않으면

누가 할 건가

연단

어떤 날은

만나를 먹이시고

어떤 날은

회초리로 치시는 덕에

울며 웃으며

단단해지네

어디에 쓰시려는

무엇이길래

변덕

그렇다고 하더니
그렇습니다

흐린 날에는
국화꽃만 다 보고
가야지 하다

맑은 날에는
이번 겨울 잘 넘기고
봄꽃 한 번 더 봐야지 하다

날씨 때문에 그렇다는 둥
핑계를 대기도 하다

바보여보

당신
만나서

너무 좋아서
좋아한다는 말 못 하겠더니

고맙다는 말도 못 했습니다
미안하다는 말도 못 했습니다